Classici

EDIZIONI EL

Illustrazioni di Barbara Bongini

ISBN 978-88-477-3298-8

www.edizioniel.com

Davide Morosinotto

Canto di Natale

da Charles Dickens

R.I.P.

CAPITOLO I

LO SPETTRO DI MARLEY

MARLEY ERA MORTO, tanto per cominciare. Su questo non c'erano dubbi. Tutti i certificati erano stati compilati dal prete, dall'ufficiale giudiziario e dal becchino, e li aveva firmati anche Scrooge. Perciò mettetevelo bene in testa o non capirete niente di questa storia: il vecchio Marley era morto. Morto stecchito.

Lui e Scrooge erano stati soci per molti anni, e Scrooge era anche il suo unico amico e l'unico che andò al suo funerale. Scrooge non cancellò mai il suo nome dall'insegna che scricchiolava sopra la porta della ditta, e che diceva: *SCROOGE E MARLEY.*

A volte i nuovi clienti entravano in ufficio, vedevano Scrooge e lo chiamavano Marley, ma rispondeva sempre lo stesso. Per lui era uguale.

Non pensate però che Scrooge fosse un animo gentile, perché era tutto il contrario. Era un uomo con le braccine corte, un vecchio avaraccio sempre pronto ad afferrare, strappare, spremere e spolpare, un tizio solitario come un'ostrica e duro come un pezzo di legno, incapace di una singola scintilla di generosità.

Il freddo che aveva nel cuore gli aveva congelato anche la faccia, con quel naso a punta, le guance scavate e il passo rigido. Sembrava raffreddare l'aria intorno a sé, e nel suo ufficio si gelava anche a Natale. Nessun mendicante gli domandava mai soldi, nessun bambino gli chiedeva l'ora, e mai nessuno in vita sua lo fermò per strada per chiedergli un'informazione.

Ma a Scrooge non importava niente, anzi, gli piaceva cosí: era il tipo d'uomo che cercava di attraversare la vita tenendosi alla larga da ogni simpatia umana.

Quel pomeriggio era la vigilia di Natale e il vecchio Scrooge se ne stava in ufficio con la porta aperta, per tener d'occhio il suo unico impiegato.

– Buon Natale, zio! – esclamò il nipote di Scrooge entrando in quel momento.

– Bah! – fece Scrooge. – Stupidaggini!

– Natale una stupidaggine? – domandò il nipote. – Non dirai sul serio?

– Invece sí. Cos'ha di buono per te questo Natale? Tanto sei e rimarrai povero.

– E cos'ha di cattivo per te? Sei e rimarrai ricco!

A queste parole, nell'altra stanza l'impiegato applaudí piano. Scrooge si voltò verso di lui e ringhiò: – Un altro rumore e vi licenzio!

Il nipote si mise in mezzo: – Ma zio, non puoi licenziare qualcuno a Natale. Senti, perché domani sera non vieni a cena da me?

– Preferirei andare al... – disse Scrooge, e finí la frase per chiarire che piuttosto preferiva andarsene al diavolo.

– Ma perché dici cosí?

– Ho già perso fin troppo tempo. Addio, nipote.

– Ma perché?

– Addio!

Il nipote scrollò le spalle e uscí dall'ufficio, ma non prima di aver fatto gli auguri anche all'impiegato di Scrooge.

– Ecco un altro fesso, – mormorò il vecchio. – Il mio impiegato ha una famiglia da mantenere e uno stipendio di soli quindici scellini la settimana. Eppure anche lui pensa che sia un buon Natale...

Scosse la testa e si rimise al lavoro finché, dopo un po', si accorse che altre due persone erano entrate dalla porta.

– Parlo con il dottor Scrooge o con il dottor Marley? – domandò il primo gentiluomo.

– Marley è morto sette anni fa, – tagliò corto Scrooge.

– Oh, mi dispiace molto... E scusate il disturbo, signore. Siamo venuti per raccogliere un'offerta per i poveri.

– Come! – esclamò Scrooge. – Hanno forse chiuso le prigioni?

– No, signore, anzi sono piene da scoppiare...

– E i ricoveri?
– Non hanno nemmeno un posto libero.
– Oh, benissimo, – affermò Scrooge. – Io pago le tasse, e con quei soldi il governo tiene aperte le prigioni e i ricoveri e dà da mangiare a un mucchio di fannulloni. Perciò, signori, non vi darò un solo quattrino di piú!
– Ma signore! – protestò il secondo gentiluomo. – Là fuori ci sono persone che soffrono, e potrebbero morire...
– Che muoiano pure! – strillò Scrooge. – Risolveremo il problema della sovrappopolazione. E ora scusate, ma ho del lavoro da sbrigare. Buonasera.
Scrooge tornò ai suoi conti con un umore piú allegro del solito. Nel frattempo, la nebbia e il buio erano divenuti cosí fitti che dalle finestre non si riusciva piú a vedere la strada. Quando la campana della chiesa si mise a suonare, sembrava che battesse i denti per il freddo.
Era giunta l'ora di chiudere bottega. Scrooge si alzò dal-

lo sgabello e nell'altra stanza si alzò anche l'impiegato, contento di tornarsene a casa.
– Domani è Natale, – brontolò Scrooge. – Volete un giorno di vacanza, eh?
– Solo se va bene a voi, signore, – mormorò l'impiegato.
– No che non mi va bene! Ogni anno la solita storia, a Natale devo pagarvi per non fare niente tutto il giorno. Almeno dopodomani cercate di arrivare prima del solito!
Scrooge uscí brontolando dall'ufficio. Ordinò una cena malinconica nella malinconica taverna dove mangiava di solito, quindi se ne tornò a casa sua, in una palazzina buia che un tempo era appartenuta al suo socio.
Arrivò alla porta, infilò la chiave nella serratura... e in quel momento la maniglia (che di solito non aveva niente di speciale) si trasformò sotto i suoi occhi. Diventò la faccia di Marley.
La faccia di Marley. Il suo socio non sembrava cattivo o

arrabbiato, e lo guardava come aveva sempre fatto lui, vale a dire con gli occhiali sollevati sulla fronte.

Scrooge sentí un brivido lungo la schiena, ma in un attimo la maniglia tornò a essere quella di sempre.

– Bah, stupidaggini! – bofonchiò, e anche se le mani gli tremavano un poco si costrinse a entrare in casa.

Tirò il catenaccio, poi salí le scale un gradino per volta, circospetto. Controllò ogni stanza, il salotto e la camera da letto, i ripostigli. Si assicurò che non ci fosse nessuno sotto il tavolo né sotto il divano.

Sentendosi piú tranquillo, indossò il berretto da notte e la vestaglia, si sistemò accanto al fuoco e mise a scaldare una tisana. Poi alzò la testa e il suo sguardo cadde su un campanello d'ottone, di quelli che una volta servivano per chiamare la servitú. Davanti ai suoi occhi, il campanello ondeggiò. Si mise a suonare. Poi suonò ancora, piú forte, e presto gli altri campanelli della casa lo imitarono con un gran baccano.

Si fermarono tutti insieme.

Scrooge sentí che dalle scale veniva un rumore metallico, come di una catena che veniva trascinata sui gradini. Lui aveva sentito parlare dei fantasmi che infestavano le case e sbattevano pesanti catene, però era troppo furbo per credere a quelle storie.

– Stupidaggini... – disse piano.

Proprio allora, uno spettro passò attraverso la porta massiccia del salone e si fermò davanti a lui.

Scrooge diventò pallidissimo e gridò: – Marley!

In effetti quello era, senza dubbio, lo spettro del suo amico Marley. Riconosceva la parrucca, il gilet, i pantaloni e le scarpe.

Alla cintura il fantasma portava una lunga catena che gli si allungava dietro come una coda e che (notò Scrooge) era corredata da una sfilza di lucchetti, scrigni, chiavi e bauli d'acciaio.

– Sei... sei proprio tu? – domandò Scrooge.

– Domandami piuttosto se lo *ero*, – ribatté lo spettro, che aveva in effetti la voce di Marley.

– Sei pignolo, per essere un fantasma! – esclamò Scrooge. – Ebbene dimmi: da vivo eri forse il mio socio Jacob Marley?

– È cosí. Ma dai tuoi occhi capisco che ancora non credi alla mia presenza...

– Proprio per niente, – rispose Scrooge. – Quest'incubo dev'essere colpa della cena: mi sarà rimasta sullo stomaco! Secondo me non sei davvero il fantasma di Marley, ma lo spettro della bistecca che ho mangiato prima, o forse di quel formaggio...

Il fantasma lanciò un urlo lugubre che fece cadere Scrooge in ginocchio.

– Pietà! – gridò. – Spettro, perché sei venuto? E perché porti quell'orribile catena?

– Io stesso l'ho costruita, durante la mia vita terrena, – rispose il fantasma.

– Ma com'è possibile, Jacob? – domandò Scrooge. – Tu sei sempre stato un brav'uomo d'affari...

– Affari! Pensavo solo a loro invece di dedicarmi al prossimo e aiutare gli altri! E ora sono condannato a portare questa catena e vagare per il mondo senza trovare pace. Ascoltami, Scrooge, anche tu stai costruendo per te una catena come questa. Ed è bella lunga!

– Abbi pietà di me! – implorò di nuovo Scrooge.

– È per questo che sono qui, – rispose Marley. – Ti è stata data un'ultima possibilità. Una grande fortuna. Questa notte, tre spiriti verranno a farti visita.

– E sarebbe una fortuna? – balbettò Scrooge spaventato. – Preferirei un'altra cosa...

– Invece, senza di loro, saresti condannato al mio stesso destino. Ascoltali, Scrooge, è la tua ultima speranza!

Con un grido lo spettro di Marley agitò le braccia e attraversò il salotto, svanendo oltre la finestra. Scrooge strisciò da quella parte e si affacciò per guardare fuori. La notte era popolata di fantasmi che volavano da ogni parte: ognuno trascinava una catena simile a quella di Marley, e Scrooge riconobbe tra gli spettri molte sue vecchie conoscenze. Per esempio, gli era capitato spesso di chiacchierare con un signore in panciotto bianco, che ora portava un grosso lucchetto alla caviglia e continuava a piangere e lamentarsi.

Scrooge si tirò indietro e richiuse la finestra.

– Stupidaggini! – provò a balbettare, ma non gli uscí la voce.

Si trascinò fino al letto, e subito cadde in un sonno profondo.

CAPITOLO II

IL PRIMO SPIRITO

QUANDO SCROOGE si svegliò, faceva cosí buio che non si riusciva a distinguere la finestra dai muri della stanza. Le campane della chiesa vicina iniziarono a suonare dodici rintocchi. Mezzanotte! Ma se quando si era coricato erano almeno le due! L'orologio era rotto, senza dubbio. Magari gli si erano congelati gli ingranaggi.

Non appena l'ultimo suono della campana si spense nell'aria, nella stanza baluginò una luce intensa.

La luce proveniva da uno strano essere che poteva essere un vecchio o un bambino, o forse un vecchio alto come un bambino. Aveva i piedi nudi e un vestito candido legato in vita da una cintura che emanava uno straor-

dinario bagliore. Ma la cosa piú incredibile era il raggio di luce che gli partiva dalla punta della testa e risplendeva come la fiamma di un'enorme candela. Forse per questo l'essere teneva in mano uno strano berretto di metallo a forma di spegnitoio, quegli oggetti cioè che si usavano per spegnere le candele.

– Signore, – chiese Scrooge. – Siete voi lo spirito di cui mi hanno parlato?

– Sono io, – rispose lo spirito con voce gentile.
– E chi siete? – domandò Scrooge.
– Sono lo spirito del Natale Passato.
– Passato da molto? – domandò Scrooge, osservando quant'era piccino lo spirito. Poi, vedendo lo strano cappello che aveva, spinto da una strana curiosità gli chiese di metterselo in testa.
– Come! – esclamò lo spirito. – Vorresti già spegnere la mia luce? Sono le persone come te che hanno costruito questo cappello, e a volte mi obbligano a indossarlo. Alzati, adesso, e vieni con me.

Scrooge cercò di fargli notare che era tardi e fuori doveva fare un gran freddo, mentre lui era in vestaglia e berretto da notte. Ma lo spirito non volle sentire ragioni e lo trascinò verso la finestra.

– Cadrò di sotto! – piagnucolò Scrooge.

– Lascia che io ti tocchi, – rispose allora lo spirito, posandogli la mano sul cuore.

Scrooge si sentí improvvisamente sereno, e si lasciò guidare attraverso il muro e la finestra.

Dall'altra parte la città era sparita, e al suo posto c'era una strada di pianura fiancheggiata da campi innevati. Anche le tenebre e la nebbia erano scomparse per far posto a una giornata d'inverno, luminosa e fredda.

– Santo cielo! – si sbalordí Scrooge. – Ma questo è il luogo dove sono nato!

– Riconosci la strada? – domandò lo spirito.

– Potrei camminarci a occhi chiusi! – rispose Scrooge.

In lontananza si vedeva un piccolo villaggio, con la chiesa e un ponte che attraversava un fiume serpeggiante. Dei cavallini trottavano verso di loro tirando semplici

carretti. A bordo un gruppo di ragazzi gridava e scherzava, tanto che la campagna risuonava di canzoni e a quel suono anche l'aria sembrava sorridere.
Scrooge saltò di lato per non farsi investire dai cavalli, ma lo spirito lo rassicurò: – Queste sono soltanto ombre di eventi passati. Nessuno può accorgersi di noi o farci del male.
Scrooge si fermò allora ad ascoltare le chiacchiere dei ragazzi sui carri. Li riconosceva, e ricordava anche il loro nome.
– Ma un giovane del villaggio non è qui, – disse lo spirito. – I suoi compagni lo hanno lasciato solo.
Scrooge disse che conosceva quel giovane, e sospirò.
Lo spirito lo guidò fino alla scuola del paese, una costruzione di mattoni rossi con il tetto a cupola. Entrarono in un'aula deserta, ammobiliata da alcune file di banchi di legno. Su uno di quei banchi stava seduto un ragazzino solitario che leggeva.

Scrooge riconobbe se stesso da giovane e si accasciò su una sedia.

– Povero ragazzo! – disse, commosso. – Vorrei tanto...

– Che cosa?– domandò lo spirito.

– Niente, – disse Scrooge. – Pensavo che l'altra sera ha bussato a casa mia un ragazzino che canta-

va canzoni di Natale. Vorrei avergli dato almeno una moneta.

In quel momento la porta della classe si aprí ed entrò una bambina. Veloce come un soffio di vento, gettò le braccia al collo del ragazzo e gli diede un bacio.

– Ma quella è mia sorella Fanny! – mormorò Scrooge. – Quanto le volevo bene! Morí cosí giovane...

– È vero, – disse lo spirito. – Dopo essersi sposata e aver dato alla luce un bambino. Tuo nipote!

Scrooge abbassò la testa imbarazzato.

Lo spirito sorrise pensoso e fece un cenno con la mano. – Passiamo a un altro Natale!

D'incanto la scuola sparí e Scrooge si ritrovò in città. Era sera, e le strade erano affollate. Lo spirito si fermò davanti alla porta di una bottega e domandò a Scrooge se la riconosceva.

– Altroché! – disse Scrooge. – Qui è dove ho fatto il mio tirocinio!
Entrarono. Nel negozio si trovava un vecchietto che portava una parrucca. Stava seduto a una scrivania cosí alta che la sua testa quasi sfiorava il soffitto.
– Ma quello è il vecchio Fezziwig! – esclamò Scrooge tutto contento. – Fezziwig in carne e ossa!
Il vecchio Fezziwig posò la penna e diede un'occhiata all'orologio. Si sfregò le mani, aggiustò il gilet, scoppiò in una grossa risata ed esclamò: – Ebenezer! Dick!
Lo Scrooge di un tempo, che ormai era diventato un giovanotto, arrivò svelto insieme al suo compagno.

– Ma quello è Dick Wilkins! – disse Scrooge. – Mi voleva bene, il caro Dick!
– Oh, eccovi qua! – gridava intanto Fezziwig. – Basta lavorare per oggi, è la vigilia di Natale! Presto, prepariamo tutto!
In un attimo i due giovani lavarono il pavimento e appesero festoni, trasformando il magazzino in una sala da ballo asciutta e calda: l'ideale per trascorrere una notte d'inverno. Un violinista con un fascio di spartiti si sistemò sulla scrivania come fosse un palco d'orchestra, e intanto arrivavano anche gli invitati: la sorridente signora Fezziwig; le tre deliziose signorine Fezziwig; i sei giovani pretendenti a cui loro avevano spezzato il cuore; e cosí via.
Quando la sala fu piena iniziarono le danze, e i ragazzi si lanciarono in pista venti coppie per volta, girando in tondo. Anche il giovane Scrooge ballava e sembrava il ritratto della felicità.

A ogni intervallo, tutti applaudivano e ringraziavano il signor Fezziwig che aveva permesso di organizzare quella splendida festa.

– A volte basta cosí poco per farsi voler bene... – commentò lo spirito.

– Davvero! – gli fece eco Scrooge. – Come mi piacerebbe poter dire due parole al mio impiegato...

Ma lo spirito gli impedí di continuare.

– Il tempo a mia disposizione scorre veloce, – annunciò. – Sbrighiamoci!

Le sue parole produssero un effetto istantaneo, perché tutto cambiò di nuovo. Scrooge vide se stesso nel passato, ma adesso non era piú un giovane bensí un uomo fatto. Anche se il suo viso non aveva ancora la freddezza degli ultimi tempi, negli occhi si vedeva già spuntare la luce gelida dell'avarizia.

Il giovane Scrooge non era solo: seduta accanto a lui c'era una bella fanciulla con gli occhi pieni di lacrime.

– Perché piangete? – le domandò il giovane Scrooge, che sembrava infastidito.

– Sono venuta per rompere il mio fidanzamento con voi, – rispose la fanciulla. – Vedo che, nel vostro cuore, un'altra passione ha sostituito l'amore che avevate per me.

– Di quale passione parlate?

– Di quella per il denaro.
– Cosa mi tocca sentire! – sbottò l'uomo. – Che male c'è a farsi una posizione e raggiungere un po' di benessere?
– Voi siete cambiato. Un tempo avevamo un unico cuore, e anche la povertà ci rendeva felici. Ora invece vedo solo tristezza nel nostro futuro. Per questo ho deciso di sciogliere la promessa che vi lega a me: vi auguro di essere felice nella nuova esistenza che vi siete scelto.
– Spirito! – esclamò il vecchio Scrooge. – Perché mi tormentate con questi ricordi infelici? Voglio tornare a casa!
– Prima desidero mostrarti come vive, oggi, la tua fidanzata di un tempo. È diventata una nonna, ha tanti splendidi nipoti che...
– No, basta! – gridò Scrooge. – Basta! Non fatemi vedere!
La luce circondava lo spirito come un'aureola. Con un gesto brusco Scrooge gli strappò il cappello-spegnitoio da sotto il braccio e glielo ficcò in testa. Lo spirito rim-

picciolí di colpo finendo tutto dentro allo spegnitoio, ma anche se Scrooge cercava di schiacciarlo a terra, non riusciva a fermare la luce che filtrava da sotto.
Scrooge continuò a lottare anche se si sentiva stanchissimo e aveva un sonno irresistibile. Un istante piú tardi si trovò nella sua stanza. Le forze gli cedettero di colpo ed ebbe appena il tempo di lasciarsi cadere sul letto che già era scivolato in un sonno profondo.

CAPITOLO III

IL SECONDO SPIRITO

SCROOGE RUSSAVA talmente forte che si svegliò da solo, e subito si mise a sedere sul letto cercando di fare ordine nei propri pensieri. Ricordò allora tutto quello che gli era successo nella notte e capí che stava per incontrare il secondo ambasciatore mandato da Jacob Marley.

Il tempo passava e non succedeva niente, e Scrooge cominciò a sentirsi nervoso. Poi, quando l'orologio batté le ore, notò una strana luce rossastra provenire dalla stanza vicina.

Si alzò senza fare rumore, mise le pantofole e scivolò verso la porta. Stava proprio per girare la maniglia, quando una strana voce lo chiamò per nome e gli ordinò di entrare. Scrooge obbedí. Ma la sala in cui si trovò era molto diversa da quella che ricordava lui: i muri e il soffitto erano ricoperti di foglie, rami e bacche lucenti, tanto che sembrava di stare in un frutteto, e il camino crepitava di un fuoco vivace quale mai c'era stato in quella casa, né ai tempi di Marley né a quelli di Scrooge. Ammucchiata sul pavimento, poi, c'era una catasta di tacchini, oche, polli, maialini da latte, ghirlande di salsicce, barili di ostriche, nocciole e castagne, mele rubiconde, pere succulente, giganteschi dolci natalizi e coppe di ponce bollente che con il loro vapore riempivano la stanza di nuvole profumate. Su quella specie di trono stava seduto un gigante dall'aria allegra, che teneva in mano una torcia ardente.

– Entra! – gridò il gigante. – Io sono lo spirito del Natale Presente. Guardami!

Lo spirito era vestito con una semplice tunica verde bordata di pelliccia. L'ampio torace del gigante era scoperto, e anche i suoi piedi erano nudi. Lo spirito aveva lunghi capelli, scuri e ricci, che erano cinti da una corona di vischio disseminata di ghiaccioli scintillanti.

– Avevi mai visto qualcuno come me? – domandò lo spirito.

– Mai.

– Significa che non hai mai incontrato i miei fratelli maggiori?

– Non mi pare, – rispose Scrooge. – Avete molti fratelli, signor spirito?

– Piú di milleottocento.

– Che famiglia!

Lo spirito del Natale si alzò.

– Tocca la mia tunica.

Obbediente, Scrooge afferrò la veste. Le foglie, i tacchini, la stanza e perfino la notte scomparvero in un baleno. Scrooge si ritrovò per le strade della città. Era la mattina di Natale e la gente stava spazzando la neve dai marciapiedi e ripuliva le grondaie, mentre i bambini ne approfittavano per giocare.

Le botteghe dei fruttivendoli già si mostravano in tutta la loro magnificenza, e davanti alle porte c'erano grandi cesti di castagne che avevano l'aria solenne di vecchi signori. Dalle botteghe dei droghieri usciva il profumo del tè e del caffè, di uva secca e mandorle, e intanto dagli angoli delle strade una folla carica di teglie si affrettava verso i forni dei panettieri, per farsi cuocere il pane da loro. Ogni volta che una teglia gli passava vicino, lo spirito sollevava il coperchio e ci passava sopra la sua torcia fiammeggiante. E di certo quella non era una torcia normale, perché se chi portava il pane sembrava stanco o preoccupato, al tocco dello spirito subito ritrovava il buonumore.

– La vostra torcia ha dunque un profumo speciale? – chiese Scrooge.

– Certo, sa di Natale.

– E si trasmette a qualsiasi pranzo, oggi?

– A qualsiasi pranzo offerto con il cuore. E soprattutto al pranzo dei poveri, perché sono loro che ne hanno piú bisogno.

Il gigante intanto camminava svelto trascinandosi dietro Scrooge. Si fermò davanti alla porta di una casupola come tante altre e la benedisse con un gesto della torcia. Scrooge riconobbe la casa dove viveva Bob Cratchit, il suo impiegato.

Superarono la porta e videro la signora Cratchit, la moglie di Bob, che si era già vestita a festa adornando il suo povero abito con quei nastri colorati che costano poco ma fanno bella figura.

Attorno alla tavola da pranzo era riunita tutta la famiglia, comprese le figlie piú grandi.

– Come mai papà non è ancora qui? – disse la signora Cratchit. – È uscito stamattina presto con il piccolo Tim...

– Eccoli, eccoli! – esclamarono i bambini che stavano tenendo d'occhio la finestra.

Infatti, dopo un istante la porta si spalancò e fece la sua comparsa Bob: aveva attorno al collo una sciarpa lunghissima che arrivava sino a terra, e portava sulle spalle il piccolo Tim. Il povero bambino stringeva tra le mani una stampella e aveva un apparecchio di ferro che gli imprigionava le gambe.

Martha, la figlia maggiore di Bob, si nascose dietro un angolo e saltò fuori all'improvviso per fare una sorpresa al papà, che la abbracciò, e intanto la signora Cratchit stava togliendo dal forno una piccola oca arrostita, e tutti la accolsero con un coro di «ooh!» e di «aaah!» come se non avessero mai visto un'oca prima d'allora, e infatti in quella povera casa era proprio cosí.

– Buon Natale, e che Dio ci benedica! – esclamò il signor Cratchit.

– Che Dio ci benedica tutti quanti! – gli fece eco il piccolo Tim. Stava seduto su uno sgabello proprio vicino al padre, e Bob teneva la manina di lui tra le sue, come per paura che qualcuno glielo portasse via.

Scrooge, che aveva osservato tutta la scena con grande interesse, si voltò verso il gigante.

– Spirito, – domandò, – che malattia ha il piccolo Tim? Sapete dirmi se sopravvivrà?

– Vedo un posto vuoto accanto al camino, – rispose lo spirito, – e una stampella ormai inutile appoggiata al muro. Il bimbo morirà.

– Oh, no! Vi prego, spirito, ditemi che si può ancora fare qualcosa per lui.

– Se il futuro non cambierà, – continuò lo spirito, – nessun altro della mia razza lo vedrà piú qui. Ma perché preoccuparsi? Se il piccolo Tim muore, risolveremo il problema della sovrappopolazione.

Scrooge chinò il capo con vergogna, sentendo che lo spirito ripeteva le parole che lui stesso aveva pronunciato quel giorno.

Intanto Bob Cratchit aveva levato il bicchiere per un brindisi. – Al signor Scrooge, che ha reso possibile questa festa!

A quelle parole, la signora Cratchit diventò rossa di collera: – A Scrooge? Chi potrebbe bere alla salute di un uomo cosí odioso, cosí ladro, duro, senza cuore come il signor Scrooge? Vorrei che fosse qui, davvero, per dirgli cosa penso di lui!

Quell'osservazione cancellò per un po' il buonumore della famiglia, ma presto tornò l'allegria di prima, e Scrooge e lo spirito rimasero a osservare tutto ancora per un po'.

Fuori si era fatto buio e nevicava. Scrooge e lo spirito tornarono all'aperto, i fuochi scoppiettanti delle cucine e dei salotti facevano risplendere le strade di una luce incantevole.

Lo spirito guidò Scrooge fino a una casa da cui provenivano calorose risate. Lui restò molto sorpreso scoprendo che la voce allegra che aveva sentito era quella di suo nipote. Presto si ritrovò in una stanza piena di ospiti dall'aria felice e soddisfatta.

– Ah! Ah! – rideva il nipote di Scrooge, con le mani sui fianchi.
Anche sua moglie e gli amici ridevano allo stesso modo.
– Ve lo giuro, mi ha detto che il Natale è una stupidaggine! – esclamò il nipote di Scrooge.
– Quell'uomo è davvero insopportabile! – aggiunse sua moglie, che era molto graziosa, con una boccuccia fatta apposta per essere baciata.
– A me invece dispiace per lui, – continuò il nipote. – È l'unico a soffrire per il suo comportamento sgarbato. È molto ricco, ma la sua ricchezza non gli serve a nulla. È sempre solo, e rifiutando il mio invito per questa sera... si è perso una bella cena!
A quelle parole, tutti gli amici applaudirono.
– Ma non mi arrendo, – continuò il nipote. – Continuerò a invitarlo tutti gli anni, che gli piaccia o no, perché mi fa pena. Può odiare il Natale finché vuole, è affar suo. Ma sono convinto che prima o poi cambierà... e magari

sarà un po' piú generoso con quel suo povero impiegato. Nel frattempo, un brindisi alla sua salute: allo zio Scrooge!

– Allo zio Scrooge! – gridarono gli altri. – Un felice Natale e un buon anno a lui, ovunque si trovi!

Dopo il brindisi, il nipote e la moglie organizzarono alcuni giochi per passare il tempo, e Scrooge si sentiva cosí contento che sarebbe rimasto volentieri lí per tutta

la sera, ma lo spirito non gliene lasciò il tempo: la scena scomparve e i due ripresero a camminare per le vie. Andarono in molti luoghi, e ovunque c'era allegria. Lo spirito si sedeva accanto al letto dei malati e loro ritrovavano il sorriso; accompagnava i viaggiatori e quelli dimenticavano la nostalgia di casa; sfiorava i poveri, e si sentivano ricchi. Visitarono i minatori sul fondo delle miniere e i marinai al timone dei vascelli in alto mare. Ma con il passare del tempo, Scrooge si accorse che allo spirito stava accadendo qualcosa: sembrava invecchiare a vista d'occhio. E quando notò che i capelli dello spirito erano diventati tutti grigi, non poté piú trattenersi.

– La vita di uno spirito è dunque cosí breve? – domandò.

– La mia vita quaggiú lo è, – rispose il fantasma. – Termina stanotte.

– Stanotte!

– A mezzanotte. Senti! L'ora si avvicina!

Scrooge restò in silenzio per un po', osservando attentamente lo spirito. Poi disse: – Scusate se vi faccio un'ultima domanda, ma vedo che dalla vostra tunica spunta qualcosa di strano. Sembra... un altro piede?

– Guarda, – rispose allora lo spirito.

Scostò i lembi della veste e dalle pieghe della stoffa sbucarono due bambini dall'aria spaventosa, ripugnante, miserabile. Erano un maschietto e una femminuccia, e avevano abiti cenciosi e visetti crudeli.

Scrooge fece un balzo indietro disgustato. Non capiva come potessero esistere nel mondo simili mostri.

– Chi sono, spirito? – domandò. – Sono... figli vostri?

– Questi sono i figli dell'uomo, – disse lo spirito. – Lui è Desiderio, lei è Ignoranza. Guardati da loro, ma soprattutto dal ragazzo, perché vedo che sulla sua fronte è scritta la tua condanna!

– Ma... – mormorò Scrooge. – Non si può... aiutarli in qualche modo?

– Non ci sono prigioni, e ricoveri? – gli domandò lo spirito, usando le stesse parole che un tempo aveva detto lui.

Proprio in quel momento il campanile suonò la mezzanotte. Scrooge si guardò intorno, ma lo spirito era già scomparso. Quando anche l'ultimo rintocco smise di suonare, si ricordò la profezia del suo vecchio amico Jacob Marley, alzò gli occhi e vide un fantasma incappucciato che volava minaccioso verso di lui.

CAPITOLO IV

L'ULTIMO SPIRITO

IL FANTASMA si avvicinava lento, solenne, silenzioso. Diffondeva tutt'intorno un'aria di terrore e mistero, ed era avvolto in un manto nero che sembrava confondersi con l'oscurità della notte. Dalla veste spuntava solo una mano, tesa. Quando raggiunse Scrooge, lui cadde in ginocchio.

– Davanti a me c'è dunque lo spirito del Natale Futuro? – balbettò.

Lo spirito non rispose, ma tenne la mano puntata in avanti.

– Voi mi farete vedere le ombre di quello che deve ancora accadere. Non è cosí? – continuò Scrooge.

Il cappuccio del fantasma si piegò un poco in avanti, e

questa fu la sua unica risposta. Scrooge era cosí intimorito da quell'ombra silenziosa che non riusciva a rimettersi in piedi.

– Fantasma del Futuro! – gridò. – Voi mi fate piú paura degli altri spiriti che ho già incontrato, ma so che anche voi siete qui per aiutarmi. Non sono piú l'uomo che ero, qualcosa è accaduto dentro di me e per questo sono pronto ad accompagnarvi ovunque.

Allora l'ombra che emanava dallo spirito avvolse Scrooge e sembrò sollevarlo con sé. Non si può dire che volarono verso la città, piuttosto fu la città a volare loro incontro. La attraver-

sarono tutta quanta fino ad arrivare al suo centro, e Scrooge riconobbe la piazzetta davanti alla Borsa, dove uomini d'affari dall'aria indaffarata facevano tintinnare sacchetti pieni di denaro, controllavano orologi e si riunivano in capannelli per commentare le ultime notizie.

Lo spirito si avvicinò a uno di quei gruppetti e puntò la mano, cosí Scrooge si sporse per ascoltare. Conosceva quegli uomini di vista ed era curioso.

– A quanto pare è proprio morto, – stava esclamando il primo.

– Quando è successo?

– L'altra notte.

– E a chi ha lasciato l'eredità?

– Non ne ho idea, – continuò il primo. – Forse alla sua ditta. Di sicuro, non ha lasciato niente a me.

Tutti ridacchiarono, e un altro uomo d'affari si strinse nelle spalle: – Di certo il funerale sarà una miseria, secondo me non ci andrà nessuno. Voi pensate di passare?

Gli altri lo guardarono come per dire che non ne avevano nessuna intenzione.
Scrooge però non capiva di chi stessero parlando. Di sicuro il morto non era il suo socio Marley, perché lo spirito poteva mostrargli solo il futuro e Jacob era scomparso sette anni prima. Ma allora chi? Non conosceva nessuno che rispondesse alla descrizione.
Scrooge decise cosí di aspettare il suo io futuro, convinto che osservandolo avrebbe svelato il mistero. Si cercò all'angolo della piazzetta dove si metteva sempre, ma al suo posto c'era un altro uomo, e anche se l'orologio segnava l'ora in cui di solito Scrooge andava alla Borsa non riusciva a trovarsi da nessuna parte.
Intanto lo spirito stava sempre vicino a lui, immobile.
Il fantasma guidò Scrooge lontano dalla Borsa e in uno dei quartieri piú malfamati della città. Lí le strade erano strette e storte, le case in rovina, e la gente malvestita e ubriaca. Dai vicoli e i portici proveniva un odore

sgradevole di fogna, e tutto il quartiere puzzava di crimine e povertà.

In fondo a quel luogo orribile sorgeva una piccola bottega con il tetto di legno.

Una donna, con la schiena curva sotto il peso di un grosso fagotto, si avvicinò al negozio con aria circospetta e scivolò dentro. Subito dopo arrivò un'altra donna che aveva sulle spalle un carico molto simile, e poi ecco un uomo con un abito nero tutto rattoppato.

Quando i tre si ritrovarono nella bottega, si riconobbero e scoppiarono a ridere. E cosí anche il negoziante, che era un vecchio con i capelli bianchi e sporchi.

– Be', vecchio Joe, – disse la prima donna. – Eccoci qua tutti e tre insieme, neanche ci fossimo dati appuntamento: la domestica, la lavandaia e il becchino.

– Vi aspettavo già da un po', – rispose il vecchio Joe. – Allora, che merci mi portate? E come ve le siete procurate?

La prima donna, che poi era la domestica, scoppiò a ridere. – Procurate? Non prenderci in giro, Joe. Sai benissimo che queste cose le abbiamo rubate al morto. Forse i miei compagni si vergognano, ma io no di sicuro!

– Davvero, – commentò il vecchio Joe.

– D'altronde è colpa del morto se siamo riusciti a portargli via tutto quello che aveva di valore. Quel vecchio spilorcio ha preferito star solo fino alla fine, e a salutarlo non c'era nemmeno un parente o un amico. Per tutta la vita ha sempre pensato soltanto a se stesso... E cosí abbiamo fatto noi!

– Ben detto, – confermò la lavandaia.

Uno dopo l'altro i tre ladri aprirono i fagotti che avevano portato con sé. Dentro c'erano alcuni gioielli di scarso valore, delle lenzuola e delle camicie, dei cucchiaini d'argento e una pesante stoffa scura.

– E questo cosa sarebbe? Il copriletto? – domandò il vecchio Joe.

– Sicuro, – rispose ridendo la domestica. – Gliel'ho portato via mentre c'era ancora sdraiato sopra.

– Cosí come la camicia, – continuò la lavandaia. – È di lino, cucita bene. Volevano seppellircelo, ma io sono stata piú svelta e l'ho rubata. Tanto nella tomba non gli sarebbe servita a niente.

Scrooge ascoltava quei macabri discorsi con grande orrore.

– Spirito, – disse rabbrividendo, – capisco che un avaro è morto e i suoi servi lo hanno derubato. Questo accade a chi è avido come sono stato io tutta la vita! Ma se in questa città esiste una persona, una sola, a cui la morte di quest'uomo ha provocato qualche emozione, vi prego di farmela conoscere. Spirito, vi scongiuro!

Il fantasma allargò davanti a lui la sua veste oscura come

un'ala, e quando Scrooge poté vedere di nuovo, si ritrovò nella sala da pranzo di una povera casa, dov'erano radunati una donna e molti bambini.

Qualcuno bussò alla porta e la moglie si affrettò ad aprire al marito, che era un uomo giovane con il volto scavato dalle preoccupazioni, e sembrava in preda a molte emozioni contrastanti.

– Allora? – domandò la donna. – Buone notizie? Sei riuscito a convincerlo? Gli hai detto che ripagheremo il nostro debito, e ci serve solo un po' di tempo...?

L'uomo la interruppe con un gesto.

– Non sono riuscito a parlargli, – disse. – E niente potrà piú convincerlo ormai. È morto.

La donna si portò le mani al visto per nascondere un'improvvisa felicità. Subito dopo sembrò pentirsi di quel sentimento e tornò seria, mormorando: – Morto? E ora a chi dovremo ripagare la somma? C'è un erede?

– Sí, e anche se non lo conosco, di sicuro non sarà cosí

duro di cuore. Gli parlerò, gli spiegherò, e presto troverò i soldi che ci servono e potremo dormire tranquilli.
Scrooge capí che l'avaro aveva prestato del denaro a quelle persone, e ora la sua morte portava loro un po' di felicità. La sola emozione che lo spirito poteva mostrargli, la sola emozione causata da quella morte, era la gioia.
– Spirito, – esclamò allora Scrooge, – mostratemi una morte dove ci sia un po' di tenerezza, o quello che ho udito mi perseguiterà per sempre.
Il fantasma allora lo condusse di nuovo per le strade, e questa volta in una via che Scrooge conosceva bene, perché lí c'era la casa del povero Bob Cratchit.
Ma questa volta nella stanza da pranzo c'era silenzio, e i piccoli Cratchit stavano seduti in un angolo, perfettamente immobili.
Quando sulla porta comparve il signor Cratchit, avvolto nella sua sciarpa, tutti saltarono in piedi.

– Sei stato al cimitero? – domandò sua moglie.
– Avevo promesso di passare per un saluto, e poi quel posto mi consola. È cosí tranquillo, pieno di fiori...
Il coraggio di Cratchit sembrò cedere all'improvviso. Dovette sedersi.
– Promettete che andremo a trovarlo spesso. E che non ci scorderemo mai di lui: il povero, piccolo Tim. Il primo di noi che se n'è andato...
– No, papà, non ci dimenticheremo mai di lui, – dissero gli altri figli.
– Ci ricorderemo sempre di quanto era buono, bravo e gentile, – mormorò Cratchit. – Il mio piccolo...
La moglie si avvicinò e gli diede un bacio, e cosí gli altri ragazzi. L'anima del piccolo Tim, la sua essenza di bambino, aveva nascosta in sé la bellezza di Dio.
– Spettro, – mormorò allora Scrooge, – sento che l'ora di dirci addio si avvicina. Non so perché, ma ne sono sicuro. Perciò ditemi, perché è importante: chi era l'uo-

mo di cui tutti parlavano alla Borsa, quello che è stato derubato dai suoi stessi servitori?

Il fantasma del Natale Futuro si piegò su di lui e lo trasportò di nuovo all'aperto, accompagnandolo fino a un cancello di ferro. Era l'entrata di un cimitero, un luogo triste e misero invaso dalle erbe selvatiche. Là, senza dubbio, giaceva lo sventurato di cui ancora non conosceva il nome!

Lo spirito volò tra le tombe, quindi ne indicò una con la mano. Davanti a quel gesto solenne, Scrooge iniziò a tremare.

– Prima che io faccia un altro passo, spirito, rispondete: tutto ciò che vedo è l'ombra di ciò che succederà, o solo di ciò che potrebbe accadere?

Lo spirito indicò ancora la tomba.

– A volte, – continuò Scrooge, – gli uomini prendono decisioni che segnano il loro futuro. Ma se poi le decisioni cambiano, anche il futuro può cambiare. È cosí, spirito, ho ancora tempo di scegliere un'altra strada?

Lo spirito restava immobile e Scrooge si trascinò verso di lui, rabbrividendo di terrore. Poi, seguendo la direzione indicata da quella mano tesa, lesse sulla pietra della tomba il suo stesso nome: *EBENEZER SCROOGE.*

– Io ero l'uomo morto senza nessuno vicino! L'uomo derubato e solo. No, spirito! No! Io non sono piú quello di una volta; sono cambiato e cambierò. So che c'è ancora speranza per me, altrimenti perché mi avreste fatto vedere tutto questo?

La mano dello spirito si mosse appena.

– Fantasma gentile, – proseguí Scrooge gettandosi ai suoi piedi, – festeggerò il Natale, e per tutto l'anno ne conserverò il ricordo. Vivrò nel passato, nel presente e nel futuro. I tre spiriti del Natale saranno sempre dentro di me e non dimenticherò mai i loro insegnamenti. Ma ditemi che posso ancora cancellare il mio nome da questa tomba!

Preso dall'emozione afferrò la mano dello spirito, che cercò di liberarsi, ma Scrooge lo teneva stretto. Allora lo spirito iniziò a ripiegarsi e accartocciarsi, rimpicciolí, e alla fine diventò... la gamba di un letto!

EBENEZER
SCROOGE

EPILOGO

SÍ! SCROOGE

stava abbracciando la gamba di un letto. Il suo! E sua era anche la stanza, ma soprattutto, suo era il Tempo che gli veniva concesso per cambiare vita.

– Vivrò nel passato, nel presente e nel futuro! – gridò, iniziando a saltellare per tutta la camera. – I tre spiriti del Natale resteranno sempre con me. Oh, Jacob Marley! Grazie, amico mio... E grazie al Natale!

Era cosí agitato e pieno di buone intenzioni che faceva fatica a parlare. Il suo viso era rigato di lacrime.

– Non l'hanno rubato! – esclamò toccando il suo vecchio copriletto. – È tutto a posto... E lo sono anche io.

Significa che posso cancellare le ombre che ho visto. E ci riuscirò, ne sono sicuro! Urrà!
Girò a passo di danza tutta la casa, quindi si fermò frastornato.
– Non so neanche che giorno è! Chissà quanto tempo ho passato in compagnia degli spiriti!
Le sue parole furono interrotte da un festoso scampanio. *Clang, din-don-dan! Din-don, clang, din-don-dan!* Che suono incantevole!
Scrooge si lanciò verso la finestra e l'aprí. Fuori era una bella giornata senza nebbia, con un'arietta fredda e frizzantina. C'era un sole brillante e un cielo cosí azzurro che sembrava un paradiso.
– Che giorno è oggi? – domandò, vedendo un bambino che camminava per strada sotto di lui.
– Come dite, signore? – rispose il bambino sbalordito.
– Ti ho chiesto che giorno è, – ripeté Scrooge.
– Oggi? Ma... è Natale!

«Natale! – pensò Scrooge. – Non me lo sono perso. Gli spiriti sono venuti da me in una sola notte. Che grande magia!»

– Scusa, – disse ancora al bambino. – Per caso conosci la bottega del pollivendolo, a due strade da qui? Sai se in vetrina c'è ancora quel bel tacchino?

– Quello grosso quanto me? Sí, c'è ancora.

– Allora corri subito lí! Chiama il commesso e digli di venir qui col tacchino, poi gli darò l'indirizzo a cui consegnarlo. Se ritorni in fretta ti darò uno scellino di ricompensa. E se farai *davvero* in fretta, ti darò mezza corona.

Il bambino corse via come un proiettile.

– Lo manderò a Bob Cratchit! – sogghignò Scrooge, stropicciandosi le mani per la contentezza. – Non saprà mai chi glielo ha regalato. Quel tacchino è grosso almeno due volte il piccolo Tim!

Prese un biglietto e ci scrisse sopra l'indirizzo di Cratchit, con la mano che gli tremava un poco. Poi corse giú in strada ad aspettare il commesso, che arrivò in un lampo tirandosi dietro un tacchino davvero enorme. Chissà come aveva fatto un animale simile a reggersi sulle zampe, quando era vivo!

– Accidenti, è impossibile portare una bestia simile fino a Camden Town, – osservò Scrooge. – Dovrete prendere una carrozza!

Il sorriso con cui pronunciò queste parole, il sorriso con cui pagò il commesso e il cocchiere, il sorriso con cui regalò mezza corona al bambino non potevano essere superati che dalla grossa risata che gli si incastrò in gola mentre tornava in casa.

Si vestí in ghingheri e uscí a fare un giro. Le strade brulicavano di vita e lui passeggiava con le mani dietro la schiena, guardando la gente tutto beato.

A un tratto si trovò davanti il gentiluomo che era venuto nel suo ufficio il giorno prima per chiedergli un'offerta per i poveri.

Scrooge si fermò e gli prese le mani.

– Caro signore, – disse.

– Il signor... Scrooge? – domandò il gentiluomo, ritraendosi preoccupato.

– Sí, – rispose Scrooge. – Sono proprio io, e vorrei chiedervi scusa...

(A questo punto si avvicinò e sussurrò qualche parola all'orecchio del gentiluomo).

– Santo cielo! – esclamò l'altro, a dir poco stupefatto.

– Ma caro signore, mi prendete in giro?

– Non oserei mai, – rispose Scrooge. – È un'offerta sincera, e spero la accetterete!

– Ma signore, non so cosa dire...

– Non dite niente. Ma venite a trovarmi in ufficio qualche volta, ve ne prego.

Scrooge salutò il gentiluomo e continuò il suo giro, poi, nel pomeriggio, si diresse verso casa di suo nipote. Passò davanti alla porta una dozzina di volte, senza trovare il coraggio di bussare. Ma alla fine si decise: una cameriera gli aprí e lo guidò fino all'ampio salone che lui ricordava. La tavola era imbandita per la cena e suo nipote e la moglie stavano dando un'ultima occhiata per controllare che fosse tutto a posto.

– Fred! – disse Scrooge.
– Santo cielo, chi è? – esclamò suo nipote.
– Sono io, tuo zio Scrooge, ho pensato di venire per quella cena. Posso entrare?
Se poteva entrare! Per poco Fred non gli spezzò un braccio tirandolo dentro. Cinque minuti dopo Scrooge si sentiva come a casa sua: non poteva sperare in un'accoglienza piú calorosa.
Passò cosí una splendida sera di Natale, con una splendida cena e una splendida festa con gli amici e la famiglia. Ciononostante, il giorno dopo arrivò in ufficio di buon'ora. Voleva arrivare per primo e prendere in castagna Bob Cratchit, sperando che facesse un po' tardi. Oh, come ci sperava!
Lo scherzo gli riuscí: la campana suonò le nove e Bob non c'era. Alle nove e un quarto, ancora niente. Quando l'impiegato fece infine capolino, era in ritardo di ben diciotto minuti e mezzo. Prima ancora di aprire la porta, Bob si

era già levato il cappello e la sciarpa, e in un batter d'occhio era al suo sgabello per recuperare il tempo perduto.

– Chi si vede! – borbottò Scrooge imitando la sua voce dei tempi passati. – È questa l'ora di arrivare?

– Sono desolato, signore, ma prometto che non accadrà piú. È che ieri sera ho fatto tardi...

– Ebbene, caro mio, cosí non si può andare avanti. Perciò, anche se mi dispiace, sono costretto a *raddoppiarvi lo stipendio*!

Bob si mise a tremare, e per un attimo pensò di correre in strada e chiedere aiuto, perché il suo padrone si era di certo ammattito.

– Proprio cosí, Bob. Ti raddoppierò

lo stipendio e cercherò di aiutare la tua coraggiosa famiglia. E per prima cosa, metti altro carbone sul fuoco, qui dentro si gela. Buon Natale!
Scrooge mantenne la sua parola e anche di piú. Il piccolo Tim non morí e Scrooge diventò per lui come un secondo padre. Diventò anche un buon amico, un buon padrone e un buon uomo, insomma, il migliore di quella buona vecchia città e di qualsiasi altro paese o villaggio che si trovi su questa buona, vecchia Terra.

Indice

Classicini

EDIZIONI EL

1. Pierdomenico Baccalario, *L'isola del tesoro*
2. Beatrice Masini, *Piccole donne*
3. Roberto Piumini, *Il giro del mondo in 80 giorni*
4. Guido Sgardoli, *Zanna Bianca*
5. Silvia Roncaglia, *Robin Hood*
6. Alessandro Gatti, *I viaggi di Gulliver*
7. Pierdomenico Baccalario, *Il richiamo della foresta*
8. Guido Sgardoli, *Sandokan, la tigre della Malesia*
9. Chiara Carminati, *Heidi*
10. Davide Morosinotto, *Moby Dick*
11. Sabina Colloredo, *Il giardino segreto*
12. Tommaso Percivale, *I tre moschettieri*

Classicini

EDIZIONI EL

13. Davide Morosinotto, *Ventimila leghe sotto i mari*
14. Roberto Piumini, *Le avventure di Pinocchio*
15. Beatrice Masini, *Piccole donne crescono*
16. Guido Sgardoli, *Le avventure di Tom Sawyer*
17. Tommaso Percivale, *La freccia nera*
18. Silvia Roncaglia, *Il meraviglioso mago di Oz*
19. Pierdomenico Baccalario, *Il Libro della giungla*
20. Alessandro Gatti, *Viaggio al centro della Terra*
21. Guido Sgardoli, *Peter Pan*
22. Sabina Colloredo, *Il fantasma di Canterville*
23. Davide Morosinotto, *Il Corsaro Nero*
24. Sarah Rossi, *Alice nel Paese delle Meraviglie*
25. Guido Sgardoli, *Dracula*

Classicini

EDIZIONI EL

26. Elisa Puricelli Guerra, *Oliver Twist*
27. Sabina Colloredo, *Pollyanna*
28. Tommaso Percivale, *Tarzan delle scimmie*
29. Sarah Rossi , *Sherlock Holmes e il mastino dei Baskerville*
30. Pierdomenico Baccalario, *Odissea*
31. Elisa Puricelli Guerra, *Il piccolo principe*
32. Roberto Piumini, *Romeo e Giulietta*
33. Davide Morosinotto, *Canto di Natale*
34. Teo Benedetti, *I ragazzi della via Pál*
35. Tommaso Percivale, *Le avventure di Robinson Crusoe*
36. Pierdomenico Baccalario, *Frankenstein*

Finito di stampare
nel mese di settembre 2015
presso G. Canale & C. S.p.A., Borgaro Torinese (To)